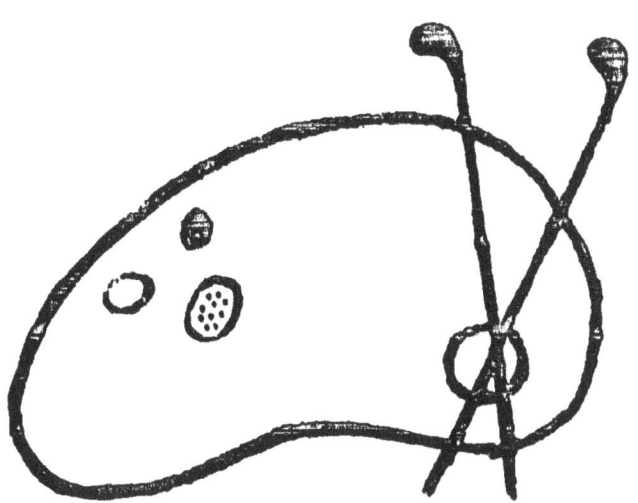

Début d'une série de documents
en couleur

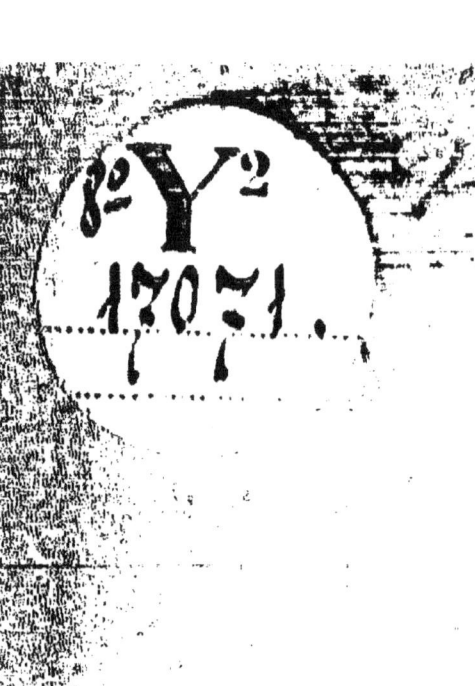

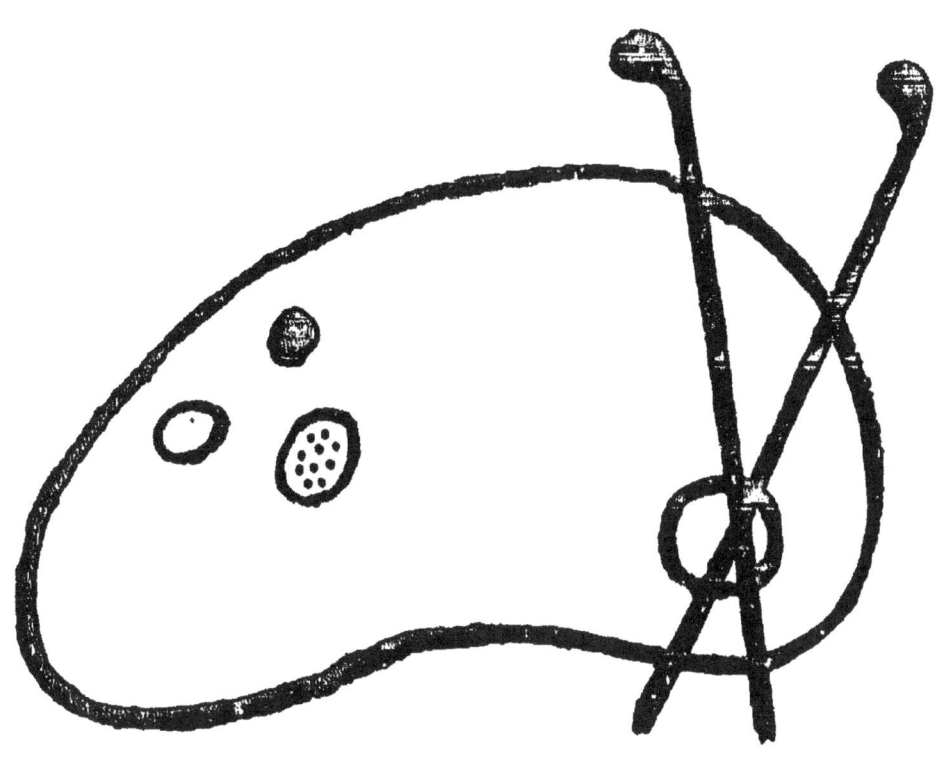

Fin d'une série de documents
en couleur

LE CHIEN
DE LORD BYRON

3ᵉ SÉRIE IN-32.

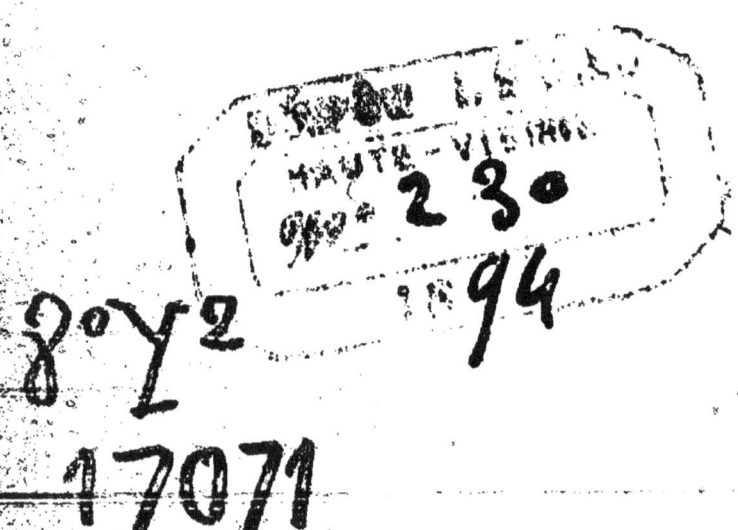

GEORGES S'ÉTAIT FAIT UN AMI.
(P. 11.)

LE CHIEN
DE LORD BYRON

PAR

Eugénie FOA

QUATRE GRAVURES

LIMOGES
EUGÈNE ARDANT ET Cie
ÉDITEURS.

LE CHIEN

DE LORD BYRON

Tout ce qui se rattache à la vie des hommes illustres a droit à notreintérêt. Vous avez peut-être entendu prononcer déjà le nom de Georges Byron, cet illustre poète dont les écrits ont exercé une si grande influence sur la littérature de notre temps, et qui, par le rôle glorieux qu'il a joué dans l'affranchissement de la Grèce lors de l'héroïque insurrection des descendants de Thémistocle et de Périclès, s'est trouvé mêlé à quelques-uns

des principaux événe-
ments de l'histoire con-
temporaine. Il s'agit
en cette circonstance
d'une catastrophe qui,
dans son enfance, faill-
lit lui coûter la vie.
Cette historiette est de
la plus grande authen-
ticité.

L'enfance de Byron
se passa au milieu des

montagnes de l'Écosse.
Il avait déjà ce carac-
tère audacieux et en-
treprenant dont sont
empreintes toutes les
phases de sa trop
courte existence. Mal-
gré son infirmité (il
était boiteux de nais-
sance), il ne passait
pas un seul jour sans
parcourir en tous sens

les rochers de l'agreste Calédonie. Pour l'accompagner dans ses excursions journalières, Georges s'était fait un ami fidèle : c'était un dogue magnifique et d'une force extraordinaire. Entre l'enfant et l'animal s'était établie une étroite intimité. A Ralph, Byron avait fait construire, sous de frais ombrages, une niche commode et solide où le chien n'avait à redouter ni le froid glacial de ces contrées, ni les ardeurs du soleil lorsqu'il brillait au zénith. A Ralph, c'était Byron qui, tous les matins, allait porter sa ration journalière.

Aussi, lorsque la main du jeune enfant glissait caressante le long des poils du fier animal, entendait-on aussitôt ce dernier pousser un doux grognement qui indiquait le plaisir.

Furieux, terrible à l'approche d'un étranger, il se couchait la tête entre les pattes,

ou bien encore faisait
mille contorsions, mille
gestes, pour exprimer
son bonheur à l'aspect
de son protégé. Mal–
heur à qui aurait voulu
toucher à un cheveu de
la tête de Georges en
présence de Ralph :
plus prompt, plus ter-
rible que la foudre, ce
dernier se fût précipité

sur l'agresseur, et, sans que rien eût pu l'en empêcher, pas même la voix de son ami, il l'aurait étranglé.

Un jour, le soleil dorait à peine la cime des montagnes, promenade ordinaire du chantre futur de Child-Harold, Byron, suivi de Ralph, partit et s'enfonça dans les défilés pittoresques qui conduisent à Javercanld; il avait pris pour but de sa course une chute d'eau nommée *the Linn of dee*; il voulait aller contempler cette pluie brillante de cristal suspendue dans l'air. Pour y parvenir, il fallait gravir un tertre fort

escarpé. Déjà l'enfant
en avait presque atteint
le sommet, lorsque
l'horizon fut tout à
coup obscurci par l'un
de ces impénétrables
brouillards qui descen-
dent fréquemment avec
tant de rapidité sur les
hauteurs, que dans
l'espace de quelques
minutes ils changent

les jours en nuits.
Perdu au milieu de
l'obscurité, Georges
voulut néanmoins
avancer encore; mais
une touffe de bruyères
lui enlace le pied, il
perd l'équilibre, il
tombe en poussant un
cri. Aussitôt Ralph se
précipita vers lui.
Lorsque le brouillard

fut dissipé, tous les deux avaient disparu.

D'abord la mère de Byron, ne le voyant pas revenir, ne s'inquiéta pas beaucoup de son absence; plusieurs fois il lui était arrivé de rester une partie de la journée sans reparaître à Aberdeen; mais, lorsque les dernières lueurs du jour eurent annoncé la venue prochaine de la nuit, la sécurité fit place à l'inquiétude. Cette inquiétude se changea bientôt en de mortelles alarmes lorsque, les ténèbres étant devenues de plus en plus épaisses, nul indice de Georges ne se manifesta. Déjà depuis longtemps tous les habitants d'Aberdeen s'étaient mis à sa recherche. Leur front soucieux, à leur retour, témoignait assez que leurs efforts pour le découvrir avaient été infructueux. Eperdue, éplorée, lady Byron se livrait au plus effroya-

ble désespoir ; elle vou-
lut elle-même, avec la
nourrice de Georges
qui l'avait tant de fois
bercé au récit des som-
bres ballades du pays,
la bonne May Gray,
parcourir à la lueur
des flambeaux les lieux
qu'affectionnait l'en-
fant. Elle n'entendit,
au milieu du silence

ELLE N'ENTENDIT QUE LE SIFFLE-
MENT DU VENT. (P. 23.)

de la nuit, que le sif-
flement du vent qui
gémissait à travers les
bruyères, que le bruit
des cataractes dont ces
montagnes abondent.
Il lui fallut renoncer à
ces recherches qu'il
eût été aussi dangereux
qu'inutile de continuer
à cette heure. Elle
passa le reste de la nuit

en prières, invoquant le ciel pour le salut de son fils bien-aimé.

Ralph, non plus, n'avait pas reparu.

Le lendemain matin, à la pointe du jour, le voyageur qui se serait arrêté pour réclamer l'hospitalité à Aberdeen aurait en vain demandé ses hôtes ordinaires, il n'y aurait rencontré qu'un jeune pâtre chargé de veiller sur l'habitation ; mais il aurait pu entendre les échos de la montagne retentir du nom sans cesse répété de Georges Byron. Tout à coup, tandis que le pâtre se tenait debout sur le seuil de la demeure solitaire, il aperçut Ralph qui accourait haletant; il s'élança au-devant de lui; mais le chien sans s'arrêter, se précipita dans l'intérieur de la maison; il paraissait exténué. Toutefois, à peine eut-il reçu un morceau de pain, que sans l'entamer il le saisit dans sa gueule et s'enfuit à toutes jambes sans répondre aux appels réitérés du pâtre.

Après s'être inutilement fatigués à parcourir ces montagnes, lady Byron et tous ceux qui l'avaient accompagnée regagnèrent Aberdeen pour prendre quelque repos. Le désespoir de la pauvre mère était effrayant; elle voulait mourir. Cependant, une lueur d'espérance traversa son esprit en proie aux plus poignantes angoisses, lorsqu'elle apprit du jeune berger l'apparition de Ralph et son départ subit.

Elle voulait de nouveau recommencer

immédiatement ses re-
cherches, mais la force
lui manqua, et succom-
bant à ses émotions,
elle tomba dans un long
évanouissement. Elle
n'en fut tirée que par
les aboiements de Ralph
qui était là bondissant
devant elle, et qui sem-
blait demander encore
sa pitance ; elle donna

l'ordre de lui apporter un morceau de pain qu'elle présenta elle-même à l'intelligent animal en observant tous ses mouvements. A peine s'en était-il saisi, qu'ainsi qu'il l'avait fait le matin, il partit comme un trait. Frappées de cette singularité, lady Byron et

la nourrice s'élancèrent
sur ses traces. Cette
fois, à l'appel de sa
maîtresse, le chien sus-
pendit sa course ; il se
mit à japper au-devant
d'elle d'un air joyeux,
et en la regardant
comme pour l'inviter à
le suivre. Tout à coup
la bonne May Gray
aperçut un papier atta-

ché à l'une des pointes
de son collier; elle le
prit et le remit à lady
Byron, qui faillit expi-
rer de bonheur en lisant
ces mots tracés au
crayon de la main de
son fils sur un feuillet
détaché de son porte-
feuille :

« Ma bonne mère,
» rassurez-vous, je vis

» encore. Hier, j'ai été
» surpris par un épais
» brouillard. Je voulus
» néanmoins continuer
» ma route; mais, je
» ne sais comment cela
» se fit, je tombai les
» pieds   embarrassés
» dans les bruyères, et
» je roulai dans un pré-
» cipice. J'allais sans
» doute me briser la

» tête contre les pier-
» res qui en garnissent
» le fond, quand je me
» sentis saisi par le pan
» de mon habit; c'était
» Ralph qui était ac-
» couru et me retenait
» ainsi suspendu sur
» l'abîme. J'étendis les
» bras et je rencontrai
» quelques ronces; je
» m'y cramponnai;

» mais jugez de mon
» effroi lorsque, le
» brouillard une fois
» dissipé, je me vis
» ainsi accroché au-
» dessus d'un gouffre
» dont mon œil pouvait
» à peine mesurer la
» profondeur. Je vou-
» lus essayer de remon-
» ter, mais ce fut en
» vain; je pris alors le

» parti de descendre
» jusqu'au fond. J'ai
» passé une nuit hor-
» rible, car je pensais
» à vous, ma mère, aux
» inquiétudes dans les-
» quelles ma dispari-
» tion allait vous plon-
» ger. J'avais bien
» froid, mais Ralph, en
» s'étendant sur moi,
» me réchauffa. Ce ma-

» tin, une faim cruelle
» me dévorait. Tout à
» coup, Ralph, qui
» grimpe beaucoup
» mieux que moi, me
» quitta. Je me crus
» abandonné et je pleu-
» rai amèrement; mais.
» au bout d'une heure
» à peu près, je fus
» complétement ras-
» suré à cet égard en le

» voyant reparaître. Il
» tenait dans sa gueule
» un morceau de pain
» qu'il déposa à mes
» pieds. J'en fis deux
» parts : j'en pris une et
» lui donnai l'autre. Si
» je ne me trompe pas,
» il doit être à peu près
» l'heure du dîner ;
» Ralph s'agite, je pré-
» sume qu'il va partir.

» Je crois que c'est à
» Aberdeen qu'il va
» chercher sa pitance.
» Je vous écris à la
» hâte ces deux mots
» que je fais tenir com-
» me je peux à son
» collier. Si ce message
» vous parvient, suivez
» Ralph; sans doute il
» vous conduira près

» du lieu où je suis
» prisonnier.

» Votre fils qui meurt
» du regret de vous
» avoir quittée et du
» chagrin que bien in-
» volontairement il
» vous cause.

» GEORGES BYRON. »

» Mon Georges! mon
Georges vit! s'écria

TOUT EN SUIVANT RALPH...
(P. 41.)

madame Byron après avoir lu ce billet qu'elle arrosait de ses larmes, qu'elle couvrait de ses baisers. Accourez tous, mes amis ! Venez, chaque instant doit être pour lui un siècle d'angoisses ? »

Et, tout en suivant Ralph qui marchait la tête haute et à pas mesurés, elle leur fit le récit de l'accident qui avait failli la priver de son enfant.

Au bout d'une demi-heure environ, Ralph s'arrêta près d'une cataracte dont les bords réunis presque entièrement à leurs extrémités, mais séparés par une profondeur immense, présentaient aux regards effrayés un aspect capable d'inspirer aux plus hardis un invincible effroi. Le chien descendit sans hésiter dans ce précipice en aboyant. Lady Byron voulut s'élancer après lui, sans faire attention qu'elle courait à un trépas inévitable; mais on la retint.

Alors elle se mit à appeler d'une voix dé–chirante son fils, son bien-aimé Georges. Frappé de ces accents, ce dernier répondit en désignant l'endroit où il se trouvait. Il ne restait plus qu'à aviser aux moyens de le tirer du gouffre.

» Je m'en charge, dit alors un montagnard, pourvu qu'on me laisse faire et qu'on exécute en tout point mes prescriptions. »

On devine qu'aucune voix ne s'éleva contre cette exigence.

« Qu'on aille au château chercher toutes les cordes les plus grosses

et les plus longues que
l'on pourra trouver ;
pendant ce temps, je
tâcherai de me faire en-
tendre de M. Georges
et de lui donner les ins-
tructions nécessaires. »

Deux hommes se dé-
tachèrent aussitôt de la
troupe et coururent
chercher ce qu'il de-
mandait.

Alors le montagnard s'approcha du bord de l'abîme, et, se couchant à plat ventre, il se pencha du côté d'où la voix de l'enfant lui avait semblé venir. Il ne s'était pas trompé. Georges l'entendit et put recueillir toutes les paroles qu'il lui adressa. Une heure, un siècle plutôt, s'écoula dans l'attente de ceux qui étaient partis pour aller chercher les cordes. Enfin, ils arrivèrent. Il fallait attacher ces cordes les unes au bout des autres, faire des nœuds d'espace en espace; ces préparatifs achevés, le montagnard remit aux mains de ses robustes compagnons l'une des extremités de la corde; à l'autre bout, il attacha une pierre assez pesante, et il commença à laisser glisser le câble dans l'espoir qu'il parviendrait ainsi jusqu'au fond.

La voix de Byron se fit entendre.

— « Je tiens la corde!

cria-t-il; je vais mon—
ter. »

Lady Byron tomba
à genoux ; tous étaient
dans l'attente et le si—
lence. La tête de l'en—
fant parut au bord du
précipice ; en ce mo—
ment il fut pris de ver—
tige ; c'en était fait de
lui. Mais une main
puissante le sauva,

UNE MAIN LE SAUVA. (P. 50.)

celle de sa mère, qui, à la vue de son fils, s'était élancée pour le saisir dans ses bras, et qui, au risque d'ê-tre précipitée avec lui, l'avait retenu.

Quand Georges re-couvra ses sens, il était sur le sein de sa mère, et son fidèle compa-gnon, le brave, l'intelligent Ralph, lui léchait les mains.

Devenu lord et pair d'Angleterre, et ce qui est plus encore grand poète, il est une société que Georges Byron ne négligea jamais, ce fut celle de son chien. Quand Ralph mourut, le grand homme versa des larmes. En butte aux coups de la haine et de l'envie, il venait de perdre un ami qui, lui du moins, ne l'a-vait jamais trahi, et qui jadis l'avait sauvé.

Byron naquit à Dou-vres le 22 janvier 1788. Il descendait par son père des conquérants normands et, par sa mère, des Stuart, aussi était-il plus fier de sa noble origine que de ses œuvres littéraires

Poète de génie, mais d'une imagination mal réglée, il eut des revers et des succès sans nombre, et produisit des chefs-d'œuvre, honneur de la littérature anglaise, au milieu des excentricités d'une vie désordonnée.

Ses premiers essais littéraires n'eurent aucun succès; mais, devenu pair d'Angleterre par la mort d'un oncle, il prononça à la chambre haute quelques discours remarqués.

Bientôt il quitte le Parlement, voyage en Portugal, en Espagne, en Grèce, jusqu'en Turquie, et à son retour, en 1813, il commence à écrire les poèmes qui ont illustré son nom : Child-Harold, Manfred, Don Juan, etc.

Toujours inconstant, il abandonne la littérature en 1823, pour aller se mettre à la tête de l'insurrection grecque contre les Turcs.

Mais à peine débarqué en Grèce, où il ne trouva que misère et anarchie, il vit sa santé, déjà un peu affaiblie, décliner de jour en jour· et enfin abreuvé d'ennuis, affaibli par le climat

malsain de Missolon-
ghi, épuisé par la fati-
gue et les privations, il
mourut, le 19 avril 1824
à un âge où son génie
eût pu encore enfanter
bien des chefs-d'œuvre.
Il avait trente-six ans.

FIN.

Limoges. — Imp. E. Ardant et Cᵉ.

Original en couleur

NF Z 43-120-8

www.ingramcontent.com/pod-product-compliance
Lightning Source LLC
Chambersburg PA
CBHW060818180626
46818CB00002B/865